www.casterman.com

ISBN 2-203-15425-X

ZOÉ et THÉO

au magasin

Catherine Metzmeyer & Marc Vanenis

casterman

Aujourd'hui, maman est allée chercher Zoé et Théo
à l'école avec Bandit.

— Dis Maman, as-tu pensé à nos goûters, demande Zoé affamée.
— Oh non, j'ai oublié ! Faisons vite un saut au supermarché.

— Toi, tu restes là, Bandit.
— Nous revenons tout de suite.

— Il aboie fort ! Tu l'as bien attaché, Maman ?
— Ne t'en fais pas, Théo. On en a pour une minute.

— C'est par là, affirme Zoé.
— Non, moi je te dis que c'est de l'autre côté.

— Ah ! tu vois Zoé, j'avais raison, fanfaronne Théo.

Miam ! Que de gâteaux !
Zoé fait vite son choix.

— Écoutez, s'exclame Théo.
— On dirait un chien qui aboie !

— Oooh ! Mais c'est Bandit ! Sa laisse s'est détachée !

— Vite les enfants, crie maman, il faut l'attraper !

— Ici Bandit, hurle Théo.

— Bandit, Bandit, appelle Zoé.
Mais où court-il si vite, ce diablotin de petit chien ?

Lui aussi veut un goûter !

— Mais que fait ce chien ici ? rouspète le charcutier.
C'est interdit.
— Je suis désolée, s'excuse maman.

— Tu as été vilain, se fâche Théo.
Mais Bandit s'en moque.
Quel régal, ce saucisson !

Imprimé en Italie.
Dépôt légal février 2003 ; D2003/0053/22
Déposé au ministère de la Justice, Paris
(loi n°49.956 du 16 juillet 1949 sur les publications destinées à la jeunesse).